KB135547

빌렌도르프의 눈

형상시인선 40 박옥영 시집

빌렌도르프의 눈

인쇄 | 2023년 8월 7일
발행 | 2023년 8월 14일

글쓴이    | 박옥영
펴낸이    | 박윤배

펴낸곳    | 도서출판 잉어등
출판등록  | 제2023-000009호
주소      | 대구광역시 달성군 가창면 가창로 1103 (2층)
전화      | 010-9187-1044
팩스      | (053) 767-1044
이메일    | rudnfvksghk@hanmail.net

책임편집 | 박윤배
교    열 | 배성숙

ISBN  979-11-984135-0-5

값 12,000원

형상시인선 40

# 빌렌도르프의 눈

박옥영 시집

심지둥

## 시인의 말

쉽게 발목을 빼지 못하는
언어의 늪에 빠져 허우적거린 긴 세월
깊은 수렁을 맛보았지만,
가슴에 품은 돌 하나 놓지 않으려
바둥거렸습니다.

시간이 흘러 어느덧,
뜨거운 시의 입술을 닮아가려나 봅니다.

– 계간 〈詩人精神〉 신인상 당선 소감 중에서

2023년  여름
박옥영

# 차
# 례

시인의 말

# 1

# 2

# 3

# 4

해설_ 정한의 정서, 서사적 서정 ㅣ 이태수

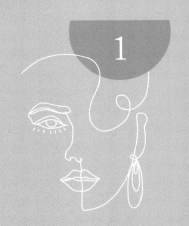

# 고양이 수염

돌연변이는 잘라버려야 해

거머쥔 손 족집게에 힘을 준다

이것도 무슨 생각이 있는 걸까

버려도 뽑아내도 한사코 고개 쳐드는
저 질긴 가계의 불온함이여

이식해 줄 마땅한 터를 찾다가
기어코 뽑아내고야 만 긴 터럭 하나

풍랑에 흔들리던 양치류가
바람 따라가던 나를 삐죽이 올려다볼 때
어쩌면 이것은 중천으로 날아간 홀씨?

떠돌던 원혼의 헛디딘 발이었던가?

밝은 창 아래서 더욱 돋보이는 이것이
둥지 틀고 싶었던 곳이

하필이면 일가를 이룬 이곳이
바로 내 턱주가리 아래라니!

# 길의 변곡점

기타 줄을 고르는 남루한 노신사
서문시장 골목 어귀
휘젓던 계절의 두 얼굴을 퉁긴다

박카스 빈 통 지그시 놓아둔
통로의 발치 틈새 개미들 종종걸음이다

입 벌리고 앉았다가 바람에 떠밀리는
구레나룻은 흰 수국은 운국할매
좋아하는 느린 가락 되어
저만치 가서 처박히다가 돌아온다

손재봉틀에 닿아 실꾸리를 잣는다

올해도 곱은 손 비빌 김장 걱정
칼이라도 든 것이지, 기타 소리는

어젯밤 무서리 소식 흔들 때
지핀 노을에도 손가락은 떨린다

먼 길 가야 할 초겨울 낮달은
노신사 협수룩한 카우보이모자 위에서
스텝을 지르박으로 바꾼다

두 계절이 한통속을 울린다

# 다슬기 경전

다섯별의 손길 기다리느라, 서성이는 물살에게
잠은 언제 잘 거냐고 물어본다

잡아 온 다슬기 바가지 속에 담아 놓고
펄 흙 게워낼 때까지
박박 문질러 헹군다

제 살점 깎아내리면서도 견뎌온 미망
생존의 치열함 속에서는
언제나 시퍼런 냄새가 났다

'저 물이랑을 건너 주오.'
간절한 목소리로 사공을 부르다가
해진 무릎처럼 닳아도
천상의 뭇별까지 들려야 할 한 맺힌 노래를
나는 따라 부르고 싶어졌다

사막의 꽃이 여우를 만난 듯
오래 묵힌 방고래가 솔갈비 불을 만난 듯
후루룩 버티어 내는 다슬기의 길

일어서는 물의 정령처럼
이생의 마지막 바닥도 한 줄 경전

밍기적밍기적 써 내려간다
흡착의 빨판으로

# 서리꽃

사과의 둘레를 깎으면
이슬에 휘어진 풀등이 사각사각
발아래 엎드리는 붉은 입술소리 들린다

이 동네 저 동네 개가 짖어
엎드린 등 뒤 허연 중의적삼
늠이아부지 달려온다

헛간 부엌 아가리 같은
탱자 울타리 그늘만 골라 밟았다

깎던 사과의 마지막 껍질이
툭 떨어질 때
한 다래끼 홍옥을 파묻어 놓은
나만 아는 근심으로 강변 모래밭은
잠 못 이루는 밤을 건너온다

늠이아부지 왕방울 눈
늙은 부엉이 쉰 목소리로
문구멍 밖 삽짝 길을

하얗게 적신다

# 바퀴벌레 만지다

티셔츠 혼자 갈아입을 줄 아는 그는
처음부터 얼굴이 없었는지도 모른다

의식과 잠의 경계에서
아침이니, 그만 일어나라고
검은 내 몸을 허물며
순식간에 꼬리를 감추며
사라지는 검은 망토의 영혼들

은밀한 순간과 순간 사이
벽장도 없는 내 의식을 통째로 삼킨 채
다녀간다는 흔적도 남기지 않은 채
빛을 허무는 정령들

왜 나는 너를 위한 공간
남겨두지 못했나!
탁상 위에 순간적으로 올라앉아
나를 허물 구석을 살핀다

꼬리가 없다는 이유로

손 뻗은 무의식은
끝내 물컹한 기억을 남기고

# 손안의 뿌리

키예프의 어느 전철 역 방공호에서
엄마가 잠든 아가 손 꼭 잡고 있다

납작 숙인 이마 위로 포성이 스치는 피란길
갓난아기 꼭 껴안은 엄마를 보며
질기고도 고단한 여정이라, 느끼던 내 생
한 모서리가 환해졌다

억압에 가두어진 자유가
무지한 군홧발에 짓밟히는 그곳
한 해 농사를 고스란히 망치고만 내가
다랑논 같은 원고지 속 슬픔에 잠긴다

귀 기울이는 쪽에는, 울어야 할 아기조차
손바닥의 운명에 잔뜩 숨죽이고 있다

풋보리 이삭 뜯어 허기진 뱃속 비벼댔을
내 어머니의 모진 세월에도
맷돌 같은 무지의 시간이, 목숨줄 눌렀을 생각에
환해졌던 가슴 다시 답답해 온다

강보에 싸인 아가의 손
그 손 꼭 잡은 어머니 손 사이에는
절대 놓치는 일 없기를 바라는
민들레의 푸른 염원이
불끈불끈 힘이 되고 있다

# 그리운 악마가 산다

미세먼지 가득한 광장
몇 올 남지 않은 정수리 머리털 속으로
짓궂은 자동차들
클랙슨 소리 밀어 넣는다

오며 가며 자꾸만 들까부는 몽당치마들
눈비를 눈가에 새기며
눈물 젖을 뒷모습을
나 투박한 손으로 쓸어내린다

연분홍 꽃물 마르는 건 잠시더라고

갈라 터진 무릎의 사소한 말투
내다 버릴 수 없냐고
파릇한 봄날 그리운 악마와 나는 지금
끈질긴 언쟁 중이다

작년부턴가 건너편 반듯한 느티나무에도
곁가지로 세 든 까치는 짹짹거리고
나 추억처럼 껴안고 사는 건

이제 빈 둥지뿐이다

허옇게 땜질한 시멘트 속곳 어쩔 수 없어
한 자락 꿈 펄럭이는 정오를
허깨비춤으로 날려 보낸다

# 유용한 학습

수족관 납작 엎드린 광어 한 마리
뜰채로 떠낸다

염하듯 비늘을 문질러 물기를 걷어낸다

주문이 들어오면
도마 위 흰 거즈 한 장 수의처럼 펼쳐 놓는다

날이 선 칼날 아래
자신 죽음을 바라보는 동그랗게 뜬눈

일찌감치 눈감는 법 익혔더라면
이런 극한의 상황에도 내려오는 칼날을
마주 보지 않을 수 있었을 텐데

미각을 살리는 것만이
마지막 숨결에 대한 예의라는 듯
한 자락 펼친 파도 위 들썩이던 어깨

얇게 저며지고 있다

# 밀 익는 계절엔

후두암이란 진단을 받은 아버지
추수 앞두고 수술을 미루셨다

뜨물 같은 곡기가 고무호스를 타고
절개된 울대로 들어간다
메모장을 놓고도
헛바람이 새어 나오는 음역을 당신은
굳이 믿으려 하셨다

통원치료에 초췌해져 가던 아버지
홑겹 헐렁한 두루마기 뒷모습이
나무다리 허수아비 같았다

들판을 더는 살찌게도 할 수 없는 퇴원
평생 흙에 사신 아버지는 담담한데
집은 연기 쐰 벌집이다

아버지의 수화를 모른척하던 엄마는
멍석에 자꾸 밀만 씻어 널었다

# 질경이 서약

가시 돋친 풀에 온몸 내어놓고
흘러갈 길에서도 침잠에 든 질경이가 있다

얼음이고 삼동 견딘 부처 같은 그 속을
당신이 뭐라 말할 수 없다

서릿발에 잎 폭삭 내려앉은 후에도
깃대처럼 세웠던 마른 몸
다시 불 댕길 날 기다리는 심지다

꽁꽁 얼었던 길의 모서리
바늘 한 땀 들일 데 없는 마음의 틈새에
횃불을 든 누군가 다녀간 흔적들

볼록한 오늘의 폭설이 무거워도
발밑에서 근질거리며 밟히는 질경이

마음 편히 붙인 적 없던 내가 앉았던 자리
질기게도 돌아 나오는 근심들

소태처럼 쓴 입에 길이 걸려도
번창한 봄날을 꿈으로 기약한다

# 회상

책상도 없는 윗목 호마이카 밥상 위
붉은 드레스 인형
바라만 보아도 사각 유리 상자
이음새는 흘러내렸지

상자 속 그 아이 마음 헤아리지 못하고
어느새 어둠살은 내리고

저무는 내 뜰로
꽃 한 다발 강보에 싸여오네
비 오는 날이나 꽃피는 날도
흰 구름은 산을 넘나들고

옹알이가 나올 것만 같은 화관 너머
너의 처마는 참 소박하다

볼에다 담아두었던 나의 고백들
수직과 수직이 만나는 모서리는
어느새 강나루 같다

노을 속으로 떠나는 나룻배를 위해
너는 지금도
허기진 봄을 견디고 있다

# 종점

시냇물같이 유순하던 눈과 함께했던 수많은 시간

동구 밖 훨훨 한번 나서보지 못한 남루의 가장
당신은 무엇 하러 이승에 오셨나요

연탄재 매캐한 동산동 거리 싸락눈 흩뿌리는 이모네 골방
엄마는 미덥지 않은 나에게 어둠을 맡기고
출산을 앞둔 형님 새벽을 받으러 가야 한다고 했었죠

고무호스로 연명하는 희멀건 쌀뜨물 아버지, 절개된 울대
양식 한 줌 얻을 때마다 맞바꿨을 당신의 목젖과 피와 살점들

얽어맨 철삿줄로 불안한 가슴팍

마른 담쟁이 마디마디 한 줌 수액도 거추장스러운 듯
통증 같은 이승에 다 부려놓고
더는 가벼워질 수 없는 육신 아버지는

이제 살아서 서럽지 않던 어느 날의 무명
흰 두루마기를 꺼내 입고 있군요

# 아랫목이 없어서

포플러 나무 둥치 뚫린 구멍 속으로
눈 까만 새 한 마리 들어간다

하필이면 어스름이 나무의 이마를 누르는 그때
숨어드는 새를 나는 보고 말았는데
잘 차려진 저녁을 먹는 동안에도
포플러 나무를 혀 밑에 넣고 골똘했다

발걸음이 서둘러지는 나이에 켜둔
처마의 등, 손을 넣었을 때 만져지던 박꽃의 온도

포식자의 못난 희열 같은 것이
새에게서 나에게로 포플러 나무의 진동으로 건너왔다

아직도 넌 내 손끝 안쓰러운 온기로 남아있는데

너의 상처 묻어줄 따신 아랫목
멀쩡한 내 몸 어느 곳을 허물어
구멍 하나 내어주면
떠돌다 지친 새들 날아들어, 쉬어 갈까

# 신발을 씻다가

귀향한 아들 신발을 씻는데
타관을 먹고 자란 길, 시리다

환승의 출근길 동동걸음 그냥 지나쳐 가는
압사 직전의 지옥철 한숨소리
뒤축엔 전력 질주가 배어있다

앞뒤 분간 안 되는 운동화 이마빡
사정없이 대야 속으로 끌어들여 박박 문지르자
사지 버둥거리며 허겁지겁 토해내는 먹물 같은
타이어 닳은 굉음들

줄줄이 브레이크 그은 흔적도 검게 일어선다

해 저문 도시 문 닫을 시간
촘촘한 빌딩 숲 사이
성냥갑만 한 잠자리 찾아 골목길 들어섰을 때
눈 감은 너의 창 올려다보았을
신발의 꿈이, 몇 번이나 수정되는 동안

하릴없이 노선을 갈아타고 싶기도 했을 테지

지친 몸 받아 안고
눈감고도 찾아올 수 있었을 귀향길
아직은 빈손으로 돌아갈 그 길 아니라고
매캐한 코를 싸쥐고 뚜벅뚜벅
내디뎠을 헐렁한 발바닥

수 없는 헹굼질로 희멀끔해진
너의 평발, 오지게 사랑했던 자국까지도
읽힌다, 적나라하게

# 징검꽃

국기 봉 닮은 꽃봉오리
그 무량한 살 내음은
또 한세상 밟고 건너갈 다리 같다

길 잃은 청설모처럼 쭈뼛거리다가
폐지처럼 발치에 쌓이는 슬픔 돌아보는 일은
그대 이미 떠나고 없다는 걸 안다는 것이다

태산목 커다란 꽃봉오리 그 향기

삶의 행간마다 스미는 저녁이면
걸음 재촉하지 못하는 길 잃은 여자
빛바랜 드레스 걸쳐 입었다

립스틱 지워진 그녀 입술은 난만했다

해거름 공원 산책길을 따라 걷다가
오랜 살림으로 굳어진 여름의 또 다른 이유에
징검돌처럼 유월에 핀 꽃은 모두
쉰내 나는 등짝이다

2

# 동백

구멍 숭숭한 돌담에
걸쳐둔 문안 인사
핏빛이다

가장 먼저 걸어온 해는
황홀한 모습으로 되돌아가고

질펀한 바닥
획을 긋는 모가지들
낭자하구나

다 헤아리지 못한 그대 슬픔
옹기종기 떠도는 섬이어서
바라보던 나도 기우뚱
흔들리고 마는구나

쏟아낼 줄 아는 건
겨우 단호한 비명 한 줄

여린 새의 부리처럼

왜 이리 애절한가를
휘감기는 노을에게 묻는다

# 강

강이 가까워지자, 물 냄새가 나는지
비닐봉지 속 미꾸라지들
요동을 친다

물가에 풀어놓자, 곧바로 꽁지 빠지게
달아나는 놈
물가에 엎드려 꼼짝 않는 놈
돌아서 주둥이를 내밀고 빼꼼 쳐다보다가
다시 쏙 들어가는 놈

놈들 다 보이지 않을 때까지
꼬챙이를 휘저어 보내고 나면
나도 흐르고 싶다

언젠가 대중 방생 때
다시는 죄짓지 말고 좋은 데 환생하라는
곁의 노 보살님 기도 소리가
내 얼굴 강물로 비친다

아직 생겨나지 않은
주름살 하나를 휘젓고 있다

# 노마드 셋째

그때 난 진흙에서 허우적거렸다

인터넷 뒤지며 서울행 여비 마련에
틈틈이 아르바이트하던 아이
취업이 됐다며 내일 떠난다 했을 때
호되게 맞은 듯, 등짝이 쓰렸다

친구 방 같이 쓰기로 했으니, 걱정 말라고
거푸집 같은 뻔한 살림살이
부담 하나 안 주려고
내 눈물 밟고 미련 없이 떠나갔다

빈방 문 열면 아이 시퍼렇던 결의
그 앤 이제 집으로 돌아오지 않을 것 같다

두 칸 전세방 얻어 이사하던 날
곳곳에 유행을 지운 섭섭한 흔적들

내가 잠시 셋방 다녀가는 날도
적은 돈이나마 놓고 가면

한사코 뿌리치며
열차예매 했으니, 잘 가라고 안아준다
유하게 보낸 그 아이 어린 시절
어느 구석 그런 강한 끼가 숨어있었는지

내 탓만 같은 지난 일들
이젠 장하다 응원해 주고 싶다

# 달팽이

무릎 아래
머물 수 없는 시간을 둔다

가려는 그곳이 어딘지는 몰라도
그 길이 보헤미안의 길일지라도
구름 행랑 등에 짊어지고
아리랑 아라리요 고갯길 넘어간다

젖은 땅만 아니면 어디든
노숙의 등을 누이고
불빛 꺼진 초막의 정지면 어때
코 고는 소리라도 흥얼흥얼 베고 눕는다

당신과 함께했던 어제의 그 자리
그 무엇으로도 채워지지 않아서
달아나는 빗소리 밟으며
나 여기까지 왔다

수치스러웠던 시간도 꽁꽁 여며두고
달 뜬 찔레꽃에 이르러

맨발의 문장으로
달래는 허기

노을이 달구고 간 붉은 바닥
오늘의 노숙은 여기가 좋겠다

# 둥근 소나무

출구 찾지 못한 고무공
산꼭대기 절벽으로 튀어 올라
소나무 되어 눈비 맞고 서 있다

어처구니가 없을 때 툭툭 차던 고무공
아집에 욱신거릴 때도
어금니 꾹 깨물고 감싸주던 고무공
찌부러진 뒤에야 못난 민낯 드러나지

탱자 가시에 사정없이 찔려도
나를 튕긴 나는 어디론가 달아나고 싶었다

오늘의 나도 알고 보면 달아난 공

휘적휘적 산꼭대기 걸어올라
따리 튼 안개 속 이 골과 저 골 닿을 듯 말 듯
닿지 않는 거리에 서 있는
외딴 소나무 한 그루를 본다

진눈깨비는 또 고약하게 내리고

질척거려 출구 찾지 못할 때
어디로 튈지 모르는 저 소나무를
나 닮아갈까

# 백리절반

진료 접수하기도 전 이빨 깎는 소리
드륵 드르륵 산업용 재봉틀
돌아가는 소리다

미적이다 제때 돌보지 못한 일
더 큰 소리로 뿌리까지 갈리는 이빨들
오그라든 몸에 쥐까지 난다

구운 소금 깨물면 잠시 숙지던 치통
충치보다 아픈 건 몇 됫박 곡식 져다 내는 일

백리절반 읍내 시골 사람들 발치한 날
소독약은 팔팔 끓인 한 대접 장국

마른걸레 밀어 올린 그 자리
모로 누워 금 간 옹기그릇 감아 매듯
무명수건 칭칭 둘러쓰곤 했다

가랑잎 소리로 남루를 속이던 엄마
재봉틀 돌리던 소리 덜덜덜 들린다

무딘 시간 무디게도 흘러 엎드리면 코 닿을 병원
이빨 갈아대는 소리 속에서
부엉이 울던 고갯길 본다

그 울음만치나 가슴 조이던
백리절반 엄마의 삶이 시리다

# 벽을 보다

목단꽃 테두리 같은 산봉우리들
유정한 꽃잎과 꽃잎의 사이에
생각지 못한 벼랑을 불쑥 내밀지요

잊을만하면 앞을 가로막아서는 벽
요즘 나는 그 벼랑을 자주 만납니다

쭉 찢은 김치를 입으로 가져가다 눈을 들면
밖에서 돌아오길 기다린 듯
물끄러미 천장도 가로막는 벽

사는 일에 눈앞이 아득해져
한밤중 잠 깨어 거실로 나가면
벽은 냉기 가득한 몸집을 흔들며 서 있죠

풍물 뒷마당 멍석 마는 붉새가
강물에서 젖은 옷자락 건져 올리는 것처럼
제비꽃에도 고요히 눈길 주다 보면
물러서는 벼랑을 보게 될지도 모르지요

세운 손톱 끝으로 한 알씩 허물어뜨리는 모래
한꺼번에는 밀어낼 수 없는 벽

# 살다 보니

"내 손이 내 딸이다" 하신 어머니

아이는 낳고 살아도 늘 시원찮은 나를 두고
손수 끓이고 버무려
늦은 끼니를 드실 때가 많았다

느려터진 위장이 걸핏하면
나에게 반기를 들어 쌓는 바람에
무탈한 속내를 위해선 평생 그의 노복으로
살아도 좋다고 하였다

쓸개도 없이 속도 없이 받들던 정성
반만큼도 어머니 한 상 돌아보지 못하였다

등허리에 붙은 뱃가죽이
저물녘 민둥산처럼 이유 없이 서러워
내 그림자 앉혀 놓고 김칫국 한 사발 마실 때
목젖을 넘어오던 휘파람 그건
당신의 서글픈 노랫가락이었다는 걸

조급할 것 없이 가슴 내밀던 시간들이
정수리 훤하도록 걸어와선
물끄러미 날 건너다보고 있다

# 슬픔에게

"나 커서 돈 벌면 저 집 꼭 다시
사고 말 테야"

험한 꼴 못 보게 외갓집 보내던 날
고사리손 꼭 잡은 엄마 손
낙숫물로 뜨거웠다

"니 아버지 빚 니가 대신 갚아"

어린 것 멱살 우악스레 잡아채던 그 아낙
어둠이 구석구석 빚을 몰아낼 때도
바람은 나를 겉돌기만 했었다

넝마 같은 보따리 몇 개 싸 들고
내빼듯 나온 그 집, 아낙은 아직도 날 기다리며
그 집에 살고 있을까

기쁨과 슬픔이 둘이 아니란 걸
분노로 일그러진 얼굴 남이 아니란 걸
수 없는 신뢰로 서늘하게 나를 깨우던 집

슬픔, 그 지독한 백신, 엄청나게 긴 유효기간 앞에서
꾸덕꾸덕하게 마른 목도장
입김 호호 불어 매매 계약서
어린 이름 뒤에 붉은 인주 누른다

# 시래기 국밥

콧물 훌쩍이며 먹는 국밥에는
배추 고갱이 파먹는 벌레 잡느라
갯가 배추밭 흰 나비로 늙으신 어머니 보인다

김을 올리며 등을 보이고 앉아
천 원짜리 지폐 석 장 반
아까워도 아깝지 않은 거드름 깔고 앉아
조용히 얼른 털어 넣는 밥알들

날아내리는 포플러 잎으로 온몸에 우표를 붙이며
보리 파종하는 아버지 중의적삼이
햇살에 눈이 시리다

작고개 올라서면 수굿이 엎드린
낭자마실 초가지붕
달빛 물든 앞산 솔 포기들 비바람에 젖은 속내
여간 만만치 않았으리라

푹푹 고아 놓은 사골
뼛속까지 우려낸 국물 속에서

북풍이 몰고 오는 싸락눈 소리 들린다

# 망각의 길에서


한밤중의 알로카시아는
아랫도리 도도하게 흔드는 히말라야죠

동상에 지워진 열 손가락으로
그물망 집을 짓다가 수척해진 거미는
어둠에 웅크린 한 사람이
추위를 가볍게 빠져나가길 기다리고 있죠

잠시 너의 눈길 피해 먼 산 보는 동안
줄기를 빼 올리는 알로카시아
밤새 그 짓거리에 몸에는 주름의 겹
하나 더 늘어나고

여름을 이야기하고 싶어도
성공한 14좌 하산길에 생을 마감한
한 사람의 웅크림이
멀쩡한 내 귀에 눈물 귀고리를 매달게 하죠

삶이 어디나 크레바스인 걸 알기에
더 캄캄한 골방에 잠들기까지

치명적인 태양의 창날 끝에서
당신은 고운 눈매로 떠오르는 거였죠

무심의 길 끝에 서서 지워진 손가락들
여기 있다고
부챗살처럼 펴고 있겠죠

# 빌렌도르프의 눈

잘 익은 사과는 비너스의 둔부다
반으로 잘라낸 너의 골짜기
흥건한 단물 속 잠든 사랑 깨어날까 봐
깔아 놓은 키친타월
쓱쓱 과도로 살갗 저밀 때마다
태풍과 벼락에 떨던 두려움
고해성사 되어, 줄줄 녹아내린다
바람이 별을 소쿠리에 주워 담던 저녁
앙! 터트리고 싶었을 울음
오래도 참아 왔으니
발갛게 부풀어 올라도 괜찮아
풀숲에 쭈그려 앉아 보던
겁 많던 노루의 안타까운 엉덩이
비린 살 내음 번지는 그 자리
꿈은 다산으로 익어야 했다
붉어가는 구간마다
치열했던 인내가 키운 단맛
목젖 울렁이도록 나 탐하고 싶다

# 보발리 마을

귀농 부부 서툰 손끝
가장 먼저 온 단양의 가을에
산초가 익는다

초췌한 풀잎 등 쓰다듬는 바람결
들녘이 붉게 타서 흔감한 잔치마당

하선암 절벽에 마지막 남은 단풍잎
흐르는 물에 제 모습 비춰본다

외딴 농가 검둥이 혼자
울타리 너머 고추잠자리 따라가는 가을

등이 까맣게 탄 보발리
멀리 떠났던 사람들이 하나씩 둘씩
검둥이 꼬리 끝에 매달린
도깨비방망이처럼 돌아오고 있다

# 어디로 갔을까

함석 잇대어 지은 시월의 집에서
불러오는 아랫배 칭칭 동여매던 그는
어디로 갔을까

나뭇잎 뒤척이는 소리에도 세우던 촉
시커먼 궁리를 아랫배에 가둔 채
끊임없이 허공을 삿대질하던 그는
어디로 갔을까

떨어지는 단풍잎 신호에
운명의 실타래 풀어 놓다가
누구도 웃을 수 없는 벼랑을 건너간 건지
비웃어도 좋을, 외줄 위의 시간에
허풍 치듯 사표를 내던지고 그는
어디로 갔을까

허물어진 집 기워가던
저 씨줄과 날줄 촘촘한 인드라망에는
기회를 엿보는 술사 숨겨 놓고
허해진 마음 구멍 수리하러 갔을까

감나무 어린 새싹까지 담보로 잡아
처마 아래로 당겨서 묶어둔 그는
꺼져가는 모닥불인 나를 남겨두고 훌쩍
어디로 갔을까

# 별의 이름표

간장 항아리도 골다공증 진단받는다
우두둑 곡소리 나는 관절
한숨 소리 깊다

사십 년 짠맛 매운맛에 지려온 날들
三伏의 마음은 믿을 게 없어
실금마다 곡절 더께 끼어있다

후미진 골목길 가로등 아래
쓸모없는 이름으로 무능하게 버려진다 해도
누구의 관심 하나 얻을 수 있을까

칼끝 같은 땡볕도 안아 들이다
소금꽃 간간한 가슴에 수다로 뜬 별
알게 모르게 내 심사에도 금이 갔다

골 깊은 산 그림자 넓다 했던가
누굴 위해 텅 비워질 수 있다면
다 비우고도 배부른 생이라 한다

비라도 뿌릴 것 같은 하늘
불룩한 배 위태로운 무리
별빛 오는 한 곳을 응시하고 있다

# 이국의 난간에 서다

허리춤 추켜올리며 다가온 청년은
이력이 있는지, 별것 아니란 듯
씨익 웃으며 동료의 어깨를 툭 쳐준다

한파에도 십자가가 내려다보는 교회
건물 통유리 닦는 일
밧줄도 없이, 안전 가림막도 없이 얼굴 검은 청년은
사다리차 사각 발판 위로 올라선다

이쯤에서 떨어진다 해도
하느님 집에서 생긴 일이니
지옥은 면할 수 있겠다고 아찔한 너스레를 떤다

금방 눈이라도 뿌릴 것 같은, 가파른 세상의 난간
아슬아슬 허공에 매달린다는 것은
오늘 저녁 보이지 않는 지구 저쪽
수직 허기를 수평으로 눕혀 닦는 일

크리스마스 불빛은 어디나 구김살이 없고
눈가 젖은 어머니 두 손도 그러해서

스테인드글라스 창 들어서는 빛도, 걸어 나가는 빛도
이국 청년의 손길에 찬란해졌다

3

# 꽃자리

어머니의 길이 잠시 덜컹거린다

험한 산길 힘들다, 바쁘겠다
한결같은 걱정에
무심한 자식들 발길 뜸해지는 게
오히려 다행이라 여기시며
외로움 깔고 누운 그 자리

불편한 한 평지기 땅
당신의 성정에
혹여 쪽잠 드신 건 아닌지

꽃은 지고 또 지고
잠든 꽃대궁 위 싸락눈 날린다

새끼들 가까이서
꽃자리에 눕고 싶다던
생전 말씀 까맣게 지우고

건재한 시간 앞에
묵정길 열고 가신 어머니

# 구덩이

앞뒤 자동차 불빛 사이
따박따박 지팡이가 할머니 손을 잡아끈다

용케 집을 향해 걷고 있다

요양원 보호사 물어뜯어 쫓아 보내고
스스로 견디는 적막
봄이 가고 여름 가을이
성근 뼈마디 사이로 마구 빠지는 동안

기억의 회로를 도적질하는 벌레들
고린내 풍기는 구덩이 속에서
헌 옷같이 널브러진
모든 길이 할머니 의식 안에 있었으나

시나브로 칡넝쿨처럼 얽히기도 하고
간편한 혼밥 시대
외계인 같은 피붙이 때 걱정
접촉 불량 구순의 회로가 감당하기엔
너무나 헐거웠던 거다

'살 만큼 살았으니, 이제는 가야제!'

어두워 보이지 않는 시간에
더디다고 타박하는 말끝마다
맑게 갠 오늘 날씨라며 슬그머니
밀쳐두는 구덩이

# 격랑

울다 자지러지는 매미소리가
목련시장 입구 오동나무 흔든다

날카로운 사마귀 톱니 발에 걸린 매미를 본다

서둘 것 없는 포식자의 여유가
밀고 당기기를 반복하고 있는 거기

손톱만 한 나신은 적나라한 진저리다

그 산만한 공포가
막힌 내 귓바퀴 속 어둠 밀어 넣고 돌리는 주리
살아낼 만큼은 어쨌든 견뎌야 한다는
단말마 비명을 들었다

오동나무에 걸린 바람은
금 간 허공을 쓱쓱 문지르고
마른 방울 가지를 마저 흔든다

폐업창고정리 마지막 떨이를 외치는 육성
매미가 시간을 썰던 그 자리

언제쯤 흔적 지워줄 첫 눈발 흩날리려나

# 노을

와룡산 층층나무 시린 회초리 사이
놋 주발 울음
걸쳐 놓는 이여

끝내 털어놓지 못한 말 한마디
나는 고장 난 더듬이 거두어 들고
아득해
집으로 가는 길 잃어버리겠네

언제나 시작부터 헤매는 이 길

물 스민 모래성 같은 약속에도
눈내 나는 어스름
함부로 흘리지 않는 이여

차디찬 뼈마디 회초리 사이
어둠은 조만간
서리 내린 자갈밭을 덮쳐오는데

얼른 삼켜지지 않는 그리움

이내 거두지 못하고
헝클린 실타래를 빗으며

선홍빛 선지 같은 나
여기 서성이고 있구나

# 누구일까

내비게이션 없이도
길 잘 찾아든 택배 상자
발신인도 없네

열어보니 내 옷 한 벌
누구일까 우렁각시는
큰애, 둘째… 하나하나 불러본다

문풍지 떨던 추운 밤
발가락 나오던 이불
서로 끌어 덮겠다던 초록 별들 재잘거리는 소리
어디서 들리나?

자기 몫이 빠졌나 시큰둥한 저기 한 사람
시험이라도 하듯
늦은 걸음으로 들어서는
또 다른 택배 상자

단톡에 사진 올려놓았더니
돌아가며

ㅋㅋㅋㅋ

초성만 올라오네

# 개밥바라기별

이랑 양쪽 끝에서 우주선이 도킹하듯

나를 돌보시던 손놀림도 다른 두 분이
스치는 결로 잠깐씩 말씀을 나누시며
오늘의 이랑에 비닐을 덮는다

다 커서도 영 덜 큰 나는
흙의 세상을 잘 알지 못하였는데
겨울 허공 아버지는 어느새 개밥바라기별 되시었다

홑치마 덮어쓰고 밭머리에서 혼자 놀던 내가
들판을 달리며 자라
덜컹거리는 마음으로 버들피리를 꺼낸다

불고 또 불 때마다
'쟈가 춥겠다'고 기어이 일으켜 세우는 겨울 버드나무 무릎은
추위에 떨다 돌아온 나를 데리고
오늘은 아지랑이의 집으로 든다

# 단골

절뚝이는 다리여서
높낮이가 서로 다른 어깨
어물전 사장님이 먼저 문 여는 날이면
담배 한 개비씩을 옆 가게로 돌린다

한 마리 천 원을 주고 기어이 사고야 마는 나는
어느새 단골이 되었다

"방생 잘하시고, 복 많이 받으시고 건강하세요"

언제나 똑같은 무표정한 덕담
마음을 버리고 일그러졌던 나

매주 한 번
잊지 않고 한 마리씩 풀어 놓는 방생

부끄러운 미꾸라지인 나를 더 넓은
물로 흘려보낸다

# 땅거미 지는

문을 열고 들어섰으나
엄마는 창밖을 보고 계신다

"엄마 뭐해?" 불러도 저무는 강의 조각배처럼
닫히는 육신을 허공에다
하소연하신다

내가 들어설 수 없는 저 중심

뒤에서 껴안으니 깜짝 놀라시며
"내가 문을 열어 놓았나!"

열려 있으나 단절된 엄마의 시간
누가 그 스위치 내려놓았는지

'필요 없는 신경 인제 그만 쓰라고
안 들리는 모양이제
길이 가까워졌는갑다, 염불이나 하다가 가야제'

늙은 감나무 가지 돋아나오는 햇순에

눈을 주며 말씀을 하신다

어제의 나를 들을 수 없는 엄마
들려줄 수 없는 어제의 나

# 모진 별리

밥 대신 수박을 곡기로 삼으시더니
몸 밖으로 밀어내는 오줌
뭉근하다

안으로부터 듣는 소리는
밖으로 툭툭 끊기는 소리
지탱해 오던 눈빛이 절로 스르르 풀린다

날이 바뀌고, 달이 바뀌고
비우고 또 비우시는 몸속의 물길은
석 달 열흘의 구비를 가지셨던 거구나

아버님 가신 뒤 서른 해 동안이나
쓸쓸함을 수박 밭이랑으로 일구시던 어머니
삼베 수의 한 벌 걸치시고
바람길에 초록 버선발 옮기신다

뙤약볕을 볕인 줄 모르고
한 계절 내내 쐐기풀 엮어
좀 더 내 발목 붙잡아 두시겠다더니

뭉근한 강물 한 줄기
말없이 툭 밀치고 가신다

# 바람의 위선

북적이는 거리에도
억새밭 키우는 만 평 터미널에도 바람이 인다

질척거리는 재래시장
뚜껑 없는 난전 좌판 위에도
어김없이 불어오는 바람

말의 반은 허풍이고 야바위이면서
운신조차 버거운 경로당에 가서
처마 낮은 골목도 득달같이 달려가서
바람은 또 들썩인다

검버섯 돋은 지상의 낮은 별빛 앞에
90도 각도로 숙이는 바람
낡고 병든 손도 따뜻하게 부여잡는
저 공손한 손

무례와 위선의 가면 잠시 놓고
한시적으로 꺾는 뻣뻣한 허리에는
침 튀기며 난사할

총질의 흉계가 숨어있다

덧문을 닫아걸어도
이 땅 어디에나 불어닥칠 광풍에
눈알이 맵다

# 봄, 흐르다

군둥내 풍기는 김칫독에도
썩은 호두나무 밑둥치에서도
시퍼렇게 멍든 봄의 발자국들

모래더미 위로 흰나비 되어 날아간다

나는 늘 떠나고 있었으므로
내 신록의 한때도 저렇게 이정표 없는 길을
낮술에 취한 백수건달처럼
대파밭 얼찐거리는 왕벌처럼
헤매고 다녔을 게다

책가방 열고 날아간 파월 장병 위문 편지
아버지 나뭇짐에서 출렁출렁
불타던 봄
힘이 거덜 난 모래무지의 그 봄

댓돌 내려서던 흰 수염 할아버지
대포소리에 놀라
헛디뎌 발목 삐끗한 뒤 훌훌 벗어던진

신발짝들 다 어디로 날아갔나

# 매미

등이 터질 듯한 노역도
그대 생각하면 그저 참을만한데
아픔은 늘 혼자였지요

풀섶에 누워 별을 찾는 밤
서늘한 바람이 상처 덧난 등짝을
훑고 지나가네요

이제야 알 것 같네요
그대 떠난 길 나 따라갈 수 없다는 걸
그대 향한 내 노래 마냥 바람이었다는 걸

세상 들썩이는 울음도
목이 터져라, 부르는 내 노래도
그대는 들리지 않는가 봐요

발 부르트도록 걸어온 지금은
한 덩이 몸이 그믐인 듯 저물고

# 삶의 연속

보리까끄라기 쏘아대는 들녘으로
어머니 땀에 전 적삼
풀기라곤 없이 하루를 다 소진한다

나의 유년은
먹어도 먹어도 항시 달에 목이 마른
달맞이꽃을 닮아 갔다
그래서인지 세월이 흐른 오늘에도 야자 수업에
지쳐 돌아온 아이가
엄마인 내게 기대고 싶어 할 때도
내 엄마가 그랬던 것처럼
나는 땀에 흠뻑 젖어 있었다

뒤뜰의 먹감나무 잎이 질 때도
길 위로 길을 굴리는 톱니바퀴
멍든 무릎을 사혈 하는 침 같은 달빛에 내어주었다

꽃 진 자리
검은 피 꾸덕꾸덕 말라가는
달맞이꽃을 닮아 갔다

# 상전이 따로 없다

한 번도 본 적 없는 그의 시중 드느라
난 겉늙어 간다

스위치만 꽂으면 명쾌한 한 끼 식사
출발 멘트에 이어 잠시
된비알 돌아나가는 흔쾌한 기적소리

종착역에 가까워지면 서늘한 콧김까지
빼 올리기도 하는
패킹만 갈아주면 고뿔 한 번
속 썩이는 일 없네

내면의 밥통은 내 상전 중 상전
물 따로 밥 따로 까다로운 비위 맞춰주며
때맞춰 정기검진 인증서
디밀어도 주지만

하루에 세 번씩 수백 번 맷돌질은
나를 거슬러 끼니마다 통제를 일삼고
팔은 오래전에 절연을 통고해 온 터

압력솥에 혼합 쌀 씻어 밥 짓는 아침
도착한다는 쿨한 멘트
무사 운행 안도의 긴 한숨 토해내며
노란 등 밝히고
'보온 중' 댓글도 잊지 않는 센스

스티로폼 텃밭에서 상추 몇 잎 케일 몇 장
무임 승차시켰다고
며칠간 들들 볶는 내면의 밥통

싱싱하고 푸른 밥통으로
얼른 갈아치웠으면

# 삼월의 부재

일어나지 못해 바닥이 된 지
일곱 번째 삼월

때론 바닥에도 송곳니 돋아
이빨 자국 깊은 그녀의 등

혼자 꿈꾸던 일탈에 영혼까지 심심해
두루마리처럼 휘감기던
뜬금없는 그녀와 마주칠 때도

"내년 삼월이면 펄펄 날아다닐 거야, 걱정하지 마"

약술 담그면 부를게, 하던
인동초 그녀 절반

아직도 설산 그 어림을
헤매는 것 같다

# 여름집

접골원 안집 골방
눈 뜬 채 창 지우고 누운
아버지의 처마는 삐딱했다

검게 입 벌린 아궁이를
나뭇지게로 지폈을 가장 눅눅한 이력이
절개한 목울대에 걸려 있다

창밖 울어대는 말매미의 의지는
살점 저미어 내는 무딘 약속들

칠월 염천 식은 어둠도
남김없이 덮혀 주려고
부채가 흔들린다

생선 가시처럼
육탈한 말매미 울음에
어두운 골방 속 아버지는
대나무 발톱처럼 쑥쑥 자라고

# 풍등

부처님 오신 날 전야제
축제 마지막 순서는 지등 날리기다

소원 적어 띄운들 무슨 성취 있으랴만
펜 들고 고민하는 모습들
삶의 불티가 별보다 많았나 보다

나도 등을 날린다
밤하늘 색색이 날아가는 풍등
낯간지러운 기원 하나에 바람도 한몫 거든다

날 밝기 전 꼭두새벽
도랑 가 바위 아래 손 모으고 기도하시던 어머니 모습
치맛자락 흩날린다

# 횡단보도 건너기

절룩이던 무릎이 횡단보도 바라본다

걸어온 길보다 건너갈 길이 멀어
남겨진 종점 돌아갈 날이
빨리도 다가온다는 걸 여기서 안다

구름처럼 떠도는 사람들 사이
횡단보도 선 그저 그어진 것 아니다

내가 잠든 사이에도 꺼지지 않는 불씨
덧니까지 새파랗게 맹렬했던 순간에도
삶은 허접한 연속이었던 것

우리가 꼭 지켜야 할 약속 같은 선
여름에서 겨울로 가는 터널에서
눈이 부실수록 덜컹거리던 길

몸의 그래프는 진솔해서
먼지 앉은 시간을 그어대다가
돌아보면 더러 여물지 못한 삶이었어도

황금색 빗금 발끝으로 어루만진다

뒤뚱거리던 경계선 버리고 터벅터벅
쉰내에도 껌벅거리며 덜 익은 나는
약속 흩어진 길 위로 발을 옮긴다

# 세대 차이

웹툰 속 소녀들이
비듬을 갉아 먹으며 성장할수록
스마트폰은 너덜해진다

스타크래프트 딱지를 멈춰선 손톱이 긁어댈 때
보이지 않는 장력으로 쑥쑥
자라나는 탱자 가시들

갈등하던 시간이
몇억 광년을 건너뛸 때마다
흔들리는 야성의 촉수들

뿔에 가려 보이지 않는 맞은편 식탁 위에서는
누 한 마리 절뚝이며 걸어간다

도강하지 못한 껍질들
그 많던 발굽들 비질하다 보면
괴성은 그로테스크한 골짜기를 울려댄다

말랑한 뿔

살가죽 뚫고 솟구쳐 오를 때
흩어지던 살점들

# 십자로에서

길 건너 사계절 꽃집
입술 붉은 시클라멘이 웃는데
나는 왜 누추해지는 걸까

길을 돌면 다시 오는 이 자리
어제의 나는 그냥 여기, 서 있는데
팔려나간 자리 다시 메꾸는 꽃들

쓸리고 쓸리다가
낙엽들이 모이는 구석
모르는 듯 닮은 얼굴들에
입고 온 외투를 벗어 주고 싶다

어디서 왔는지
나도 모르는 나를
단풍 같은 꿈 안고 겨울로 가는 사람들 틈으로
돌려보내고 싶어졌다

저마다의 갈 길을 바라보고 서 있는 이 거리
어느 생에서 어깨 서로 스친 적 있었는가

아무도 알아봐 준 적 없지만
내가 선택한 이별의 방식은
돌아서는 등, 그 쓸쓸함 보이고 싶지 않아
잘 가라 손 흔들어 주기로 한다

# 어두운 말년

너덜거리는 머리털로 목을 덮은 한 남자
꾸물대는 햇살에 기대어
공원 벤치 위에서
졸고 있다

가슴팍까지 내려온 구레나룻으로 보아
지난 노숙이 혹독했음을 알겠다

새 떼 날아와 발 한번 잡아주고 갔을 뿐인데
나무는 남으로 난 창을 열어 놓았고
홍매 잠든 귓불에
꿈길의 발소리를 들려주고 있다

누구의 시선도 되지 못하는 솔가지같이
그렇고 그런 무관심을 견뎌온 수염에
새들을 키우고 있었구나

긴 엄동의 밤은 다 지나가고
풀밭 위로 이끄는 비단결 햇살 자락에 놀라
핑크빛 캐리어를 슬그머니 끌어당기는 사내

후미진 벤치로 몸을 옮긴다

남겨둘 것 없는 저녁의 빛 속으로
오소소 혼잣말하는 히말라야시다처럼 그는
서른쯤에 다녀온 시베리아
혹한의 꿈에 잠기고 있다

# 작골 소개

흙 더비기 언덕길에 절벽 등진 양철집
마당이 길이고 담이 벼랑인 꼭 마른 버섯 같다
지우개만 한 방엔 매서운 눈빛의 작달막한 아저씨 늘
누워 있다

판때기 엮어 만든 가게, 또뽑기 칠성사이다가 있고
필기구를 팔기도 하는 문방구
가난을 수인번호처럼 달고 살아도
소풍 가는 날엔 선택된 칠성사이다 한 병 문을 나선다

행상으로 어둠을 이고, 돌아오는 아주머니
들쥐 한 마리 숨을 데 없지만
햇살 바람 구름의 그림자는 무시로 드나들어
밤낮을 걸어 잠근 저 집
비밀의 열쇠 꾸러미가 쩔렁댈 것이다

무딘 싸리비 자국 지나간 뜰엔
비와 눈을 고봉으로 받는 검정 고무신
햇살이 떼로 몰려와 낭자한 선혈을 쏟아놓기도 한다

부엉이 소리 자장가 삼아 잠드는 밤이면
절벽이 굴리는 솔방울 도토리 뛰어내리는 소리
밤마다 양철집은 한 장 악보를 낳는다

고향 가는 들머리의 시간을 지우며
2차선 국도가 숨 고르는 뱀처럼
황토배기 언덕길을 직선으로 달린다

# 조연처럼

밥솥도 이제 보온을 잊을 때가 됐다

절뚝거리는 무릎 삐거덕대는 허리
함부로 다룰 수가 없는
그랬다간
뒤끝이 골치 아픈 연식

오래된 여자 헐렁한 웃음이
시린 뼈마디를 감추어서
세상과 조율할 줄도 아는 여자

꼭 기억하고 살아도 놓치는 시간이 많아
냉장고 앞에 오래 서 있다가
그냥 돌아오는 여자

마음만 먹으면
레시피 앞에 놓고 손맛 하나는
제대로 낼 줄 안다고
허풍떠는 여자

단호박 고구마 양배추는
속까지 물컹하게 삶을 줄 알지만
곁에 들여놓은 지 오래되어
뜸 들일 줄 모르는 여자

# 집

거울 속에 비친 너는, 누구인가
씻고 닦고 두드리고
매일 아침 매만져 주었는데
너무 낯설다

멀리 갔다가
바람재 올라서면
컴컴한 어둠 속
기계충 파먹힌 동생 정수리처럼
보릿겨 덮어쓴 등피 처마 끝에 내걸고
나를 반겨주던 너

퀴퀴한 담뱃진 속
옹달샘 물이 차오르듯, 환하던 꽃밭
시간의 가차 없는 서릿발 낭떠러지를 이룬다

욕망의 헛바퀴만 돌리다가
남루한 미투리로 돌아오는 길

어지럽던 뜨락의 신발들 어디로 갔나

입천장까지 다 보이는 차마 끝
새들의 둥지

희끗희끗 귀밑머리
노을 등진 네가 너무, 낯설다

# 틈, 그녀의

돌아오는 길이 나뒹굴고 있다
잠근 문 저쪽은 난타의 공연
이쪽은 몸이 몸을 문질러대는 소리
해금이 울고 있다

관객이던 시궁쥐들은 없다

저 회로를 밤새도록 갉아먹던
고무신 거꾸로 꿸 뻔했던
흉흉하던 카바레 사건도 뜬금없는 풍문이 되었다

구겨져 너덜거려도
간신히 넝마의 기억을 부둥켜안고 있는 회로
자연스레 생긴 틈은 후유증
이쯤에서 잠시 쉬어가라는
의미가 되고 있다

갉아먹은 배춧잎처럼
체면도 남세스러움도 없이 끊긴 회로의 세계
주름진 맨발로 어찌 걸어갈까

궁릉 위로 점점이 흩뿌려지는 소리
마지막 토해내는 그녀의 공허인 듯

두드린다, 그리고 징징거린다

다는 내려놓지 못한 혼줄 끝에서
꽃잎의 비명이 깊다

# 허수아비 하소연

부지깽이도 한몫한다는
환상에 젖어
허수아비가 되어 보는 거였다

어깨 위 곤두박질하는 참새떼에
번뜩이는 본능으로
빈혈의 눈초리를 보내야 했다

새를 쫓는 일은
허술히 넘길 수 없는 가업이어서
또 다른 내 운명 허락하지 않았다

아버지의 아버지가 지나온
외다리의 계절 어디에도
몸 무거운 것들이 들려주는
느린 발걸음 소리

두둑을 넘어오는 목 잘린 수숫대 울음에도
세상은 어수룩하지 않아서
나는 금 밖을 벗어날 수 없다

피었다 지는 꽃들에 건네는 부지깽이
마지막 인사인데도
함부로 밀짚모자 벗지 못했다

# 수박

커다란 다라이에 긁어 담은 수박
사카린 한 봉지 풀면
배불렀던 고향 집 대청마루
노을에 붉다

수박 한 통 들고 가면
쭈그렁 빈 바가지 내주며 좋아하던 그녀
합죽한 잇몸으로 오물오물
시든 말년의 복날을 순가락으로 긁었다

꽃상여 기다리다가
아버지가 심은 무덤 앞 싹이 튼 수박 한 포기

밤이슬로 목을 적시고
바람과 햇살이 북돋우어 키운
세월의 첩첩한 일생을
넝쿨로 건너온 소리의 몸이
들이댄 내 칼날에 쩌억 갈라진다

아버지 누운 봉분의 크기로

오랜 세월 홀로 속 붉은 엄마
그럭저럭 잘도 달래주고 계신다

# 전전긍긍일 때

삶의 온도가 미적지근할 땐 우리
남해로 가자

아픈 손가락은 우벼 싸 들고라도
떠나가보자 가서
무거운 짐일랑 청산도 갯돌 해변에 부려놓고
흩날리는 안개비를 맞으며
몸 부딪는 자갈들의 노랫소리에
귀 기울여보자

한 박자도 못 알아듣는
닳고 문드러진 내 귓바퀴에 걸려 넘어진 청산도
몽돌의 음표들

방구들 같은 근심거릴랑
눈물 저편 기슭으로
길을 터 주고
오늘은 우리 한 이부자리를 펴자

나를 다 안다는 너는 누구인지

내가 다 알지 못하는 너는 누구인지

어디에 있는지도 모르고 살았던 나날의 긴
터널의 입구를 맞대어 보자

# 회상, 오월을 쓰다

꿀벌들 날갯짓 속에서 오후의 아까시나무가
한숨 같은 꽃잎을 날리고 있다

흰 구름에 떠밀려 멀어지는
수상한 바람의 층층 계단에 서서
밖을 내다보던 한 남자는
꺅꺅 들어오는 주문에 커피머신을 돌린다

카페 천장에는 주렁주렁 켜놓은 흰 등
빛처럼 떨어지는 아카시아 꽃잎들
물 괸 웅덩이 둥둥 떠가도
여릿한 낮달은 늘 그 자리다

기록하지 못할 해묵은 길 속에는
내 스무 살의 오월이 앉아
김 오르는 커피잔에
어디라도 흘러갈 꽃잎을 띄운다

늦었지만 기록하지 못한 기록들 속에서
여태도 나를 기다리고 있는지

아무도 모른다고

창밖 자욱하게 떨어진 꽃잎 속에
자분자분 안부를 눈으로 묻는다

# 청량한 이직, 길, 구수한


썰어낼 반죽을 치대다가
나뭇가지에서 새들의 젖은 날개를 봅니다

검은 안경 눈썹처럼 붙인 덩치 큰 사내들이
잠긴 문을 드라이버로 사정없이 뜯어 재끼며
빨간 눈물 차압 딱지를 붙입니다

마지막 선처였는지 그대로 남겨둔 건
물려받은 안반 하나
큰물의 위협에도 그저 우직했을 뿌리의 지난날을
그렇게 반죽으로 치대어 놓고
운명의 국숫발을 썰어냅니다

주저앉은 이력을
청량한 산그늘 가마솥에 펄펄 끓이면
길의 냄새가 구수합니다

여우비 한칼 잘라 넣은
첫 도끼날 찍힌 나무 그 통증의 맛이
목구멍으로 술술 넘어갑니다

# 정한의 정서, 서사적 서정

이태수

# 정한의 정서, 서사적 서정

### 이 태 수 | 시인

## 1.

처연한 정한情恨의 정서가 서사적인 서정抒情의 옷을 입고 있는 박옥영의 시는 고난과 비애로 점철된 어린 시절의 가족사와 성장 과정의 어둡고 무거운 체험들이 녹아들거나 소환召喚되는 현실 인식을 곡진하게 떠올린다.

생명에 대한 존엄과 애틋한 연민憐憫으로 감싸고 있는 그의 정한의 공간에는 다소 과장된 제스처와 비약적인 이미지들이 구사되기도 하지만 진폭이 큰 발상發想과 복합적인 서사가 그 무게를 받쳐주며 자기 성찰省察로 귀결되는 사유가 깊이를 돋워 준다.

시인은 상실감과 비애로부터 자유롭지 않으면서도 끊임없이 외부로 향해 열리거나 내면內面으로 되돌아오는 길을 나서면서 고단한 삶의 파토스 너머의 세계를 꿈꾸는가 하면, 세월의 흐름에 겸허하게 순응하는 관조의 시선으로 체념을 그윽한 무상無常의 경지로 승화시키려고도 한다.


## 2.

집은 사람에게 이 세상의 맨 처음 세계이며 하나의 우주宇宙다. 사람의 삶은 집에서 시작되며 가족 공동체 속에서 인간관계를 이루는 체험을 하게 되고, 집을 통해서 새로운 세계를 경험하게 된다. 더구나 집은 육체와 영혼이 동화되어 친밀감을 느끼게 하고, 내면성內面性을 감싸주는 공간이 되어 주기도 한다.

하지만 사람에 따라서는 집이 아름다운 추억과 꿈의 공간이며 그리움의 대상으로 떠오르게 되기도 하지만, 그와는 대조적으로 불안하고 고통스러운 밑그림처럼 떠오르는 경우도 없지 않다. 어떤 경우든 어린 시절의 집과 가족 관계는 꿈과 상상력의 근거를 이루고, 세계관과 현실 인식의 방향을 결정짓는 자아自我 형성의 모태가 되기는 마찬가지일 것이다.

박옥영 시인에게는 집이 아름다운 추억이 서려 있거나 따스한 공간으로만 자리매김하고 있지는 않은 것으로 보인다. "접골원 안집 골방/ 눈 뜬 채 창 지우고 누운/ 아버지의

처마는 삐딱했다"(「여름집」)든가, "생선 가시처럼/ 육탈한
말매미 울음에/ 어두운 골방 속 아버지는/ 대나무 발톱처
럼 쑥쑥 자라"(같은 시)던 곳으로 기억 속에 새겨져 있다.

　　시인에게는 기억 속의 집뿐 아니라 지금 살아가고 있는
집 역시 별반 다르지는 않은 것 같다. 집이 포근한 안식처
라기보다 낯선 공간으로 여겨지기 때문이다. 심지어는 "씻
고 닦고 두드리고/ 매일 아침 매만져 주었는데/ 너무 낯설
다"(「집」)라고도 한다. "욕망의 헛바퀴만 돌리다가/ 남루한
미투리로 돌아오는 길"(같은 시)이라서 그런 것일까. "거울
속에 비친 너는, 누구인가"(같은 시)라는 구절이 시사하듯
기억 속의 집은 고난과 비애의 잔영들이 포개져 다가오기
때문일까. 아무튼 시인은 거의 어김없이 어두운 추억을 소
환하고 대동하면서 집을 바라보게 마련이다.


　　　　멀리 갔다가
　　　　바람재 올라서면
　　　　컴컴한 어둠 속
　　　　기계충 파먹힌 동생 정수리처럼
　　　　보릿겨 덮어쓴 등피 처마 끝에 내걸고
　　　　나를 반겨주던 너


　　　　퀴퀴한 담뱃진 속
　　　　옹달샘 물이 차오르듯, 환하던 꽃밭

시간의 가차 없는 서릿발 낭떠러지를 이룬다


〈중략〉


희끗희끗 귀밑머리
노을 등진 네가 너무, 낯설다

— 「집」 부분


   그렇다면 이 같은 시인의 집에 대한 느낌과 관념(트라우
마)은 어디에 뿌리가 내려져 있기 때문일까. 그의 시에 빈
번하게 등장하듯이 어린 시절의 가족사와 무관하지 않으
며, 성장 과정의 체험들과도 함수관계가 깊기 때문인 것 같
다. 시인은 기억 속의 가족사에 토속적이고 향토적인 서정
과 애틋한 정한의 정서의 옷을 입혀 처연하게 떠올리는 일
련의 시편들은 우울한 추억들로 물들여져 있는 경우가 적
지 않다.
   지난날의 우울한 성장기와 맞물려 있는 그 정한의 공간
에는 "따박따박 지팡이가 할머니 손을 잡아"끄는 모습과
"'살 만큼 살았으니, 이제는 가야제!'"라는 할머니의 만년晩年
을 묘사한 「구덩이」, 궁핍하게 살면서도 자식들에게는 "가
랑잎 소리로 남루를 속이던 엄마/ 재봉틀 돌리던 소리 덜덜
덜 들"리고 고갯길에서 울던 부엉이의 "그 울음만치나 가슴
조이던/ 백리절반 엄마의 삶"이 곡진하게 그려진 「백리절

반」과 같은 시가 도처에 자리매김하고 있다.

시 「수박」에서는 성인이 되어 복날 수박 한 덩이를 들고 친정어머니가 사는 집을 찾아가면 "쭈그렁 빈 바가지 내주며" 좋아하지만 "아버지 누운 봉분의 크기로/ 오랜 세월 홀로 속 붉은" 채 꽃상여(죽음)를 기다리다가도 합죽한 잇몸으로 오물오물 시든 말년의 복날을 숟가락으로 긁는다고 애틋한 연민으로 묘사하고 있다. 또한 「살다 보니」에서는 평소 자신이 어머니의 기대에 못 미쳐 "내 손이 내 딸이다" 하신 어머니를 바라보면서

> 등허리에 붙은 뱃가죽이
> 저물녘 민둥산처럼 이유 없이 서러워
> 내 그림자 앉혀 놓고 김칫국 한 사발 마실 때
> 목젖을 넘어오던 휘파람 그건
> 당신의 서글픈 노랫가락이었다는 걸
>
> 조급할 것 없이 가슴 내밀던 시간들이
> 정수리 훤하도록 걸어와선
> 물끄러미 날 건너다보고 있다
>
> ─「살다 보니」 부분

고 그리고 있다. 그런가 하면, 「땅거미 지는」에서는 찾아가도 창밖을 바라보기만 하는 어머니를 "저무는 강가의 조각

배"에 비유하면서 "내가 들어설 수 없는 저 중심", "열려 있으나 단절된 엄마의 시간"을 안타깝게 바라볼 수밖에 없게 되기도 한다. 게다가 "염불이나 하다가 가야제" 하는 어머니는 시인에게 "어제의 나를 들을 수 없는 엄마/ 들려줄 수 없는 어제의 나"의 아픔을 되씹게 한다. 시인은 옛날처럼 시래기 국밥을 먹으면서도 "날아내리는 포플러 잎으로 온몸에 우표를 붙이며/ 보리 파종하는 아버지 중의적삼이/ 햇살에 눈이 시리"고

> 작고개 올라서면 수굿이 엎드린
> 낭자마실 초가지붕
> 달빛 물든 앞산 솔 포기들 비바람에 젖은 속내
> 여간 만만치 않았으리라
>
> 푹푹 고아 놓은 사골
> 뼛속까지 우려낸 국물 속에서
> 북풍이 몰고 오는 싸락눈 소리 들린다
>
> ─「시래기 국밥」부분

라는 비감(悲感)에 빠져들지 않을 수 없게 한다. 추억을 거슬러 오르면 오를수록 지난날들이 그리움의 대상과는 거리가 멀어지며, 병환(病患)의 아버지와 아버지를 여읜 뒤의 아픈 기억들은 마치 양각(陽刻)처럼 도드라져 다가오기도 한다.

시인에게는 후두암喉頭癌으로 투병하는 아버지의 모습이 "고무호스로 연명하는 희멀건 쌀뜨물 아버지, 절개된 울대/ 양식 한 줌 얻을 때마다 맞바꿨을 당신의 목젖과 피와 살점들"(「종점」)이 보일 따름이며, 그 무렵의 찌든 삶은 "연탄재 매캐한 동산동 거리 싸락눈 흩뿌리는 이모네 골방/ 엄마는 미덥지 않은 나에게 어둠을 맡기고/ 출산을 앞둔 형님 새벽을 받으러 가야 한다고 했었죠"라고 그 시절을 되돌아보게도 한다.

후두암이란 진단을 받은 아버지
추수 앞두고 수술을 미루셨다

뜨물 같은 곡기가 고무호스를 타고
절개된 울대로 들어간다
메모장을 놓고도
헛바람이 새어 나오는 음역을 당신은
굳이 믿으려 하셨다

통원치료에 초췌해져 가던 아버지
홑겹 헐렁한 두루마기 뒷모습이
나무다리 허수아비 같았다

들판을 더는 살찌게도 할 수 없는

평생 흙에 사신 아버지는 담담한데

집은 연기 썬 벌집이다


아버지의 수화를 모른척하던 엄마는

멍석에 자꾸 밀만 씻어 널었다

　　　　　　　　　　── 「밀 익는 계절엔」 전문


　투병하는 아버지의 모습을 떠올려 보이는 이 시에서는
정작 당사자인 아버지는 중병을 담담하게 받아들이지만,
가족은 "연기 낀 벌집"으로 그려 시인의 아픔이 더욱더 도
드라져 보이게 한다. 게다가 말도 할 수 없는 처지에 이른
아버지의 수화手話를 애써 모른척하는 어머니의 아픔 역시
되레 증폭돼 다가오는 느낌이다. 일찍이 아버지를 여읜 뒤
에는 빚 때문에 살던 집이 다른 사람에게 넘어가 "나 커서
돈 벌면 저 집 꼭 다시/ 사고 말 테야", "니 아버지 빚 니가
대신 갚아"(「슬픔에게」)라고 다짐하던 모녀母女 간의 대화는
당시의 비애를 가감 없이 떠올리며, 그 옛집은 한과 아픔
그 자체였던 것 같다.


　　넝마 같은 보따리 몇 개 싸서 들고

　　내빼듯 나온 그 집, 아낙은 아직도 날 기다리며

　　그 집에 살고 있을까

기쁨과 슬픔이 둘이 아니란 걸

분노로 일그러진 얼굴 남이 아니란 걸

수 없는 신뢰로 서늘하게 나를 깨우던 집

—「슬픔에게」 부분

　시인은 고향의 어머니 산소를 찾아가서도, 「꽃자리」에서 그리고 있듯, "무심한 자식들 발길 뜸해지는 게/ 오히려 다행이라 여기시며/ 외로움 깔고 누운 그 자리"라면서도 "불편한 한 평지기 땅/ 당신의 성정에/ 혹여 쪽잠 드신 건 아닌지"라고 뒤집어 생각하는가 하면, "새끼들 가까이서/ 꽃자리에 눕고 싶다던/ 생전 말씀 까맣게 지우고// 건재한 시간 앞에/ 묵정길 열고 가신 어머니"를 애틋한 연민으로 애도哀悼한다.

　어린 시절의 집과 가족 관계는 꿈과 상상력의 근거를 이루고, 세계관과 현실 인식의 방향을 결정짓는 자아 형성의 모태가 된다는 점에서 시인이 왜 집에 대해 불안하고 고통스러운 밑그림처럼 여기게 되고, 우울한 기억을 대동하는지도 반추하듯 짚어보게 한다.

## 3.

　시인은 현실이 불편하고 우울하게 하며, 뒤틀린 모습으

로 바라보는 경우도 허다하다. 「고양이 수염」에서 읽게 되는 바와 같이 현실을 바라보는 시선이 어둡고 무겁다. 턱 밑의 털 하나를 두고도 '돌연변이', '질긴 가계의 불온함'이라고 느끼게 할 정도이며, '양치류'나 '중천으로 날아간 홀씨', '떠돌던 원혼의 헛디딘 발'이라고까지 그 존재 양식을 비약(과장)해서 바라보고 있다.

시인은 결국 그 털을 잘라버리게 되지만 "하필이면 일가를 이룬 이곳이/ 바로 내 턱주가리 아래라니!"라며, 그 털이 일가家를 이뤘다고 원망 어린 푸념을 하게 되기도 한다. 이 시는 다소 과장된 제스처를 보이기도 하지만 '있어서는 안 될' 털 하나에 대한 발상이 예사롭지 않으며, 극단적인 이미지의 비약을 통해 그 질긴 생명력을 극대화極大化한다는 점에서도 현실 인식의 한 단면을 시사한다고도 할 수 있다.

이 같은 현실 인식에서 이미지 비약은 「다슬기 경전」, 「질경이 서약」 등에서 사소한 문제에 착안着眼해 제목에조차 '경전經典'이나 '서약'이라는 어휘를 쓰는 데서도 두드러지며, 시의 내용은 그 비약의 과장법을 적절하게 받쳐주고 있는 것으로도 읽게 한다.

이 시는 다슬기의 "생존의 치열함 속에서는/ 언제나 시퍼런 냄새가 났다"(「다슬기 경전」)라거나 "밍기적밍기적 써 내려간다/ 흡착의 빨판으로"(같은 시)와 같이 강인한 생존 모습을 그리는가 하면, '시퍼런 냄새'라는 묘사가 그렇듯이 후각嗅覺을 시각화視覺化하는 비약적 이미지 구사가 돋보이기도 한다.

　"가시 돋친 풀에게 온몸 내어놓고/ 흘러갈 길에서도 침잠에 든 질경이"라고 운(韻)을 떼고 있는 「질경이 서약」에서도 질경이를 "삼동을 견딘 부처"로 격상시키면서 "서릿발에 잎 폭삭 내려앉은 후에도/ 깃대처럼 세웠던 마른 몸/ 다시 불 댕길 날 기다리는 심지"라고 화자의 내면 풍경을 그 위에 슬며시 포개어 놓고 있어 주목된다.

　　　꽁꽁 얼었던 길의 모서리
　　　바늘 한 땀 들일 데 없는 마음의 틈새에
　　　햇불을 든 누군가 다녀간 흔적들

　　　볼록한 오늘의 폭설이 무거워도
　　　발밑에서 근질거리며 밟히는 질경이

　　　마음 편히 붙인 적 없던 내가 앉았던 자리
　　　질기게도 돌아 나오는 근심들

　　　소태처럼 쓴 입에 길이 걸려도
　　　번창한 봄날을 꿈으로 기약한다
　　　　　　　　　　　　　　　　—「질경이 서약」 부분


　겨울의 폭설(暴雪) 속에서도 길 모서리에 강인한 생명력을 지탱하며 밟히는 질경이와 마음속에 질기게 되살아나는 근심을 하나로 묶어 성찰하고 있는 이 시는 소태처럼 쓴 근심에도 그 비좁디 비좁은 마음의 틈새에 누군가 들었던 횃불의 흔적들을 불러들이고 번창한 봄날을 꿈으로 기약하는 강인한 희망의 전언傳言이 내비쳐져 있다. 이 때문에 질경이의 서약이 곧 질경이를 빗댄 자신의 서약이 되기도 한다.

시인의 이 같은 생명력과 그 존엄성에 대한 시선은 사소한 일상사에서 우크라이나 전장戰場의 참극 현장으로 확대되기도 한다. 폭격 참극의 피난 현장인 키예프의 전철역 방공호防空壕에서 어머니가 잠든 아기의 손을 꼭 잡은 뉴스의 한 장면에 착안한 듯한 「손안의 뿌리」는 그 전장과 보릿고개를 이기고 살아온 어머니의 모진 세월에다 시의 농사를 망친 시인으로서의 자기 비애를 포개어 떠올리며 그 '생존의 질기고도 고단한 여정旅程'을 복합적으로 떠올려 보인다.

키예프의 어느 전철 역 방공호에서
엄마가 잠든 아가 손 꼭 잡고 있다

납작 숙인 이마 위로 포성이 스치는 피란길
갓난아기 꼭 껴안은 엄마를 보며
질기고도 고단한 여정이라, 느끼던 내 생
한 모서리가 환해졌다

억압에 가두어진 자유가

무지한 군홧발에 짓밟히는 그곳

한 해 농사를 고스란히 망치고만 내가

다랑논 같은 원고지 속 슬픔에 잠긴다


귀 기울이는 쪽에는, 울어야 할 아기조차

손바닥의 운명에 잔뜩 숨죽이고 있다


풋보리 이삭 뜯어 허기진 뱃속 비벼댔을

내 어머니의 모진 세월에도

맷돌 같은 무지의 시간이, 목숨줄 눌렀을 생각에

환해졌던 가슴 다시 답답해 온다


강보에 싸인 아가의 손

그 손 꼭 잡은 어머니 손 사이에는

절대 놓치는 일 없기를 바라는

민들레의 푸른 염원이

불끈불끈 힘이 되고 있다

— 「손안의 뿌리」 전문


경험을 되짚어 보면 이 세상에서의 삶이 피란길과 별반
다르지 않다는 인식에 뿌리를 둔 듯한 이 시에서 시인은 포
성砲聲과 폭격이 이어지는 전장의 피란길과 어머니와 함께

궁핍하게 살던 시절과 그 시절을 거쳐 마주해야 하는 "다랑논 같은 원고지 속 슬픔"도 복합적으로 그려 보인다.

시인은 피란길의 방공호에서 살아남기 위해 한 어머니가 잠든 아기 손을 꼭 잡은 모습을 바라보면서 자신의 삶 한 모서리가 환해지다가도 "자유가 무지한 군홧발에 짓밟히는 그곳"과 "한 해 농사를 고스란히 망치고만" 자신의 비애를 함께 떠올리며 "손바닥의 운명에 잔뜩 숨죽이고" 있어 "목숨줄 눌렀을 생각"에 가슴 답답해지지 않을 수 없게 된다.

하지만 시인은 그런 정황 속에서도 서로 잡은 손을 "절대 놓치는 일이 없기를 바라는/ 민들레의 푸른 염원이/ 불끈불끈 힘이 되고 있다"라고 다시 희망의 끈을 완강하게 붙잡고 있다. 여기에서의 푸른 염원은 질긴 생명력을 지닌 민들레의 염원이면서 아기 손을 꼭 잡은 어머니와 시인 자신의 공통된 염원이기도 할 것이다.

그러나 시인이 바라보는 현실은 언제나 어둡고 무거우며 비극적인 상황을 비켜서기 어렵게 마련인 것 같다. 「유용한 학습」에서는 횟집 수족관의 광어가 뜰채로 건져져 도마 위에 오른 뒤 "날이 선 칼날 아래/ 자신 죽음을 바라보는 동그랗게 뜬눈"을 보면서 "일찌감치 눈감는 법 익혔더라면/ 이런 극한의 상황에도 내려오는 칼날을/ 마주 보지 않을 수 있었을 텐데"라던가

　　작년부턴가 건너편 반듯한 느티나무에도

곁가지로 세 든 까치는 짹짹거리고

나 추억처럼 껴안고 사는 건

이제 빈 둥지뿐이다


허옇게 땜질한 시멘트 속곳 어쩔 수 없어

한 자락 꿈 펄럭이는 정오를

허깨비춤으로 날려 보낸다

— 「그리운 악마가 산다」 부분


라고, 삶에 대한 허무와 무상감을 내비치기도 하며, "비 오
는 날이나 꽃피는 날도/ 흰 구름은 산을 넘나들고/ (중략) /
노을 속으로 떠나는 나룻배를 위해/ 너는 지금도/ 허기진
봄을 견디고 있다"(「회상」)라는 상실감과 비애에서도 자유
롭지는 않은 것으로 읽힌다.


## 4.


시인은 때때로 자기 성찰을 하면서 지금·여기에서의 길
위에 서고 부단히 나서기도 한다. 그 길은 외부로 향해 열
리기도 하고, 내부(내면內面)로 되돌아오는 길이기도 하다.
하지만 어떤 경우든 궁극적으로는 자기 성찰로 귀결되고
있으며, 고단하게 살아온 날들의 파토스와 연결고리가 이

어져 있는 것으로도 보인다.

붉게 피었다가 지는 동백꽃을 보면서 "쏟아낼 줄 아는 건/ 겨우 단호한 비명 한 줄"(「동백」)이라고 느끼거나 미꾸라지를 방생한 뒤 "나도 흐르고 싶다"(「강」)라는 생각에 젖는가 하면, 자신을 "선홍빛 선지 같은 나"(「노을」)로 보거나 "후미진 골목길 가로등 아래/ 쓸모없는 이름으로 무능하게 버려진다 해도/ 누구의 관심 하나 얻을 수 있을까"(「별의 이름표」)라고 저어하는 마음 역시 그런 경우다.

"어처구니가 없을 때 툭툭 차던 고무공"이 산꼭대기 절벽으로 튀어 올라 그 공같이 둥근 모양의 소나무가 됐다는 발상이 바탕이 된 「둥근 소나무」에서는 다시 거꾸로 자신이 그 소나무를 닮아가게 될지도 상상한다.

오늘의 나도 알고 보면 달아난 공

휘적휘적 산꼭대기 걸어올라
따리 튼 안개 속 이 골과 저 골 닿을 듯 말 듯
닿지 않는 거리에 서 있는
외딴 소나무 한 그루를 본다

진눈깨비는 또 고약하게 내리고
질척거려 출구 찾지 못할 때
어디로 튈지 모르는 저 소나무를

나 닮아갈까

―「둥근 소나무」 부분


어처구니없을 때 발로 차던 공이 자신으로 변용變容(환
치)돼 '달아나는 공'이 되기도 하고, 산꼭대기로 휘적휘적
걸어 올라 닿지 않는 절벽에 서 있는 소나무를 바라보면서
어디로 튈지 모른다고 생각한다는, 다분히 모순矛盾되는 문
맥을 통해, 어처구니없이 어디로 튈지 모르는 시인의 내면
과 마주치게도 한다.


　　　허물어진 집 기워가던
　　　저 씨줄과 날줄 촘촘한 인드라망에는
　　　기회를 엿보는 술사 숨겨 놓고
　　　허해진 마음 구멍 수리하러 갔을까

　　　감나무 어린 새싹까지 담보로 잡아
　　　처마 아래로 당겨서 묶어둔 그는
　　　꺼져가는 모닥불인 나를 남겨두고
　　　훌쩍 어디로 갔을까

―「어디로 갔을까」 부분


그 이면裏面에는 또한 '당신'을 달팽이에 비유해 "가려는
그곳이 어딘지는 몰라도/ 그 길이 보헤미안의 길일지라도/

구름 행랑 등에 짊어지고/ 아리랑 아라리요 고갯길 넘어간다"(「달팽이」)라는 지난 세월의 잊히지 않는 정한의 정서가 자리매김하고 있기 때문이기도 하지 않을까. 하지만 씨줄과 날줄이 촘촘한 가족 관계가 '영원히 변하지 않는 법칙과 도리'(인드라망)라 할지라도 세월은 그런 관계 속의 정한마저 체념으로 바뀌게 하고, 순응으로 바뀌게 한 것같이 읽힌다.

이제야 알 것 같네요
그대 떠난 길 나 따라갈 수 없다는 걸
그대 향한 내 노래 마냥 바람이었다는 걸

세상 들썩이는 울음도
목이 터져라, 부르는 내 노래도
그대는 들리지 않는가 봐요

발 부르트도록 걸어온 지금은
한 덩이 몸이 그믐인 듯 저물고

—「매미」부분

시인은 "몸이 그믐인 듯 저물"었다는 자괴감에 빠지고, "덧문을 닫아걸어도/ 이 땅 어디에나 불어닥칠 광풍에/ 눈알이 맵다"(「바람의 위선」)라는 정황에 놓이거나 "잊을만하

면 앞을 가로막아서는 벽"(「벽을 보다」)과 마주치며 살지 않
을 수 없으며 "천장도 가로막는 벽"(같은 시)이어서

> 사는 일에 눈앞이 아득해져
> 한밤중 잠 깨어 거실로 나가면
> 벽은 냉기 가득한 몸집을 흔들며 서 있죠
>
> 풍물 뒷마당 멍석 마는 붉새가
> 강물에서 젖은 옷자락 건져 올리는 것처럼
> 제비꽃에도 고요히 눈길 주다 보면
> 물러서는 벼랑을 보게 될지도 모르지요
>
> 세운 손톱 끝으로 한 알씩 허물어뜨리는 모래
> 한꺼번에는 밀어낼 수 없는 벽
>
> —「벽을 보다」 부분

이라고 토로하기도 한다. 하지만 시인은 "꽃 진 자리/ 검
은 피 꾸덕꾸덕 말라가는/ 달맞이꽃을 닮아"(「삶의 연속」)가
는 세월을 이길 수 없고, "내가 잠든 사이에도 꺼지지 않는
불씨/ 덧니까지 새파랗게 맹렬했던 순간에도/ 삶은 허접한
연속이었던 것"(「횡단보도 건너기」)을 깨달으며, 소망을 담
은 풍등風燈을 띄우기도 하지만 "밤하늘 색색이 날아가는 풍
등/ 낯간지러운 기원 하나에 바람도 한몫 거든다"(「풍등」)라

는 생각에 이르기도 한다.

　그러나 시인은 자신을 겸허하게 세월의 흐름에 순응하는 조연助演의 자리로 옮아 놓으면서 체념을 무상 그 너머로 승화시키는 지혜를 진솔하게 보여주고 있어 눈길을 끈다.


　　밥솥도 이제 보온을 잊을 때가 됐다


　　절뚝거리는 무릎 삐거덕대는 허리

　　함부로 다룰 수가 없는

　　그랬다간

　　뒤끝이 골치 아픈 연식


　　오래된 여자 헐렁한 웃음이

　　시린 뼈마디를 감추어서

　　세상과 조율할 줄도 아는 여자


　　꼭 기억하고 살아도 놓치는 시간이 많아

　　냉장고 앞에 오래 서 있다가

　　그냥 돌아오는 여자


　　마음만 먹으면

　　레시피 앞에 놓고 손맛 하나는

　　제대로 낼 줄 안다고

허풍떠는 여자


단호박 고구마 양배추는

속까지 물컹하게 삶을 줄 알지만

곁에 들여놓은 지 오래되어

뜸 들일 줄 모르는 여자

—「조연처럼」전문


　"길 건너 사계절 꽃집/ 입술 붉은 시클라멘이 웃는데/ 나는 왜 누추해지는 걸까"라는 비애에 젖다가도 "아무도 알아봐 준 적 없지만/ 내가 선택한 이별의 방식은/ 돌아서는 등,  그 쓸쓸함 보이고 싶지 않아/ 잘 가라 손 흔들어 주기로 한다"라는 메시지를 담고 있는 「십자로에서」도 같은 맥락의 시다.


　이제 이 시집의 표제작인 「빌렌도르프의 눈」에 다가가 보면서 이 길지 않은 글을 마무리하고자 한다. 표제시는 시집의 얼굴로 보이게 하거나 전체의 흐름을 상징하는 것으로 볼 수도 있게 한다. 하지만 이 시가 그런 경우는 아닌 것 같지만 시인이 가장 내세우고 싶었던 것 같아 각별히 눈여겨보지 않을 수 없다.


　　잘 익은 사과는 비너스의 둔부다

반으로 잘라낸 너의 골짜기

흥건한 단물 속 잠든 사랑 깨어날까 봐

깔아 놓은 키친타월

쓱쓱 과도로 살갗 저밀 때마다

태풍과 벼락에 떨던 두려움

고해성사 되어, 줄줄 녹아내린다

바람이 별을 소쿠리에 주워 담던 저녁

앙! 터트리고 싶었을 울음

오래도 참아 왔으니

발갛게 부풀어 올라도 괜찮아

풀숲에 쭈그려 앉아 보던

겁 많던 노루의 안타까운 엉덩이

비린 살 내음 번지는 그 자리

꿈은 다산으로 익어야 했다

붉어가는 구간마다

치열했던 인내가 키운 단맛

목젖 울렁이도록 나 탐하고 싶다

— 「빌렌도르프의 눈」 전문


　탐스럽게 잘 익은 사과를 빌렌도르프 비너스의 둔부
에 비유해 형상화하고 있는 이 시는 제목이 시사하듯이 빌
렌도르프의 눈(시선)에 초점 맞춰져 있는 것 같다. 빌렌도
르프의 비너스는 임신한 여인처럼 큰 유방을 늘어뜨리고

허리가 매우 굵으며 배가 불룩하고 지방이 풍부한 엉덩이가 아주 많이 발달해 있는 데다 성기가 강조된 조각상으로 풍요豐饒와 다산多産의 상징인 여신상이다.

시인은 잘 익은 사과를 키친타월 위에 반으로 잘라 깎으면서 자신의 몸을 내려다보는 빌렌도르프 비너스의 시각으로 관능미官能美을 극대화하듯 묘사하고 있다. 사과가 익을 때까지의 오랜 시간 동안의 별밤과 태풍, 벼락까지 소환하는가 하면 사과의 녹아내리는 단물을 두려움의 고해성사로 그리기도 하고, 겁 많던 노루 엉덩이의 비린 살 내음까지 불러들여 다산과 풍요로 무르익은 꿈과 그 단맛을 탐하듯 그리고 있다.

표제시 「빌렌도르프의 눈」은 탐스러운 단맛으로 잘 익은 사과를 빌렌도르프 비너스에 비유한 발상과 그 여신의 시각으로 묘사하려 한 점만으로도 돋보이지 않을 수 없다.